廢墟漫步指南

洪書勤詩集

博大與均衡
——詩人洪書勤的學思歷程

瘂弦

退休生活晝長夜長，有大量的時間可供閱讀。這幾年，我閱覽的範圍包括中外要籍，坊間新近出版品，以及朋友們的送書，其中對於青年作家的作品，特別重視。有句話說聰明的老人應該向年輕一代學習，所以每次收到文壇「新鮮人」「初學乍練」的文稿或書，我一定從頭到尾地通篇讀完，簡直是以虔誠之心來面對的。

當我讀完洪書勤的新詩集《廢墟漫步指南》，內心驚喜不已，我有一種發現的快樂，發現在年青詩人的混聲合唱裏，一個新的聲音出現了！這聲音就像清晨草尖上的露珠那麼清亮，那麼不同，值得傾聽。

說起來，洪書勤應該是我的舊識，他告訴我他在高中時代曾參加過我擔任教務的文藝營，不過失聯多年，一直到他加入一九九四年成立的《植物園詩社》，才知道他的消息。植物園詩社是台灣詩壇一個重要的詩人社團，它的命名據說是受了前輩詩人紀弦先生的影響，紀老曾提出「大植物園主義」，他認為詩壇最忌「清一色」，要各個詩社拋棄門戶之見，相互尊重，萬紫千紅共存共榮，才能可大可久。《植物園詩社》的創立無疑是對紀弦最好的回應。

秉持眾聲喧嘩，萬花嬉春的旨趣，很多優秀的年輕詩人都集中到這個新詩社的旗下來，譬如楊宗翰、何雅雯、潘寧馨、邱稚亘、林思涵等，都是該社的菁英，每個人都有自己的藝術看法，也逐漸建立起自己的風格。洪書勤專攻詩創作，楊宗翰詩創作之外也兼治文學批評，嶄露頭角，受到學界的重視，他寫的《台灣現代詩史：批判的閱讀》，具有創發與導向的意義。這些富有才氣和衝勁的年輕人在一起相激相盪、互放光亮，詩藝的成長特別快速，真的像一個大植物園一樣那麼蓬勃。

洪書勤是一位優秀的職業軍人，官拜中校，一直在軍中工作。一般人的觀念，總認為軍人與詩人不是「同類項」，為兩個絕然不同的角色，彼此屬性迥異，很難歸納融合，但洪書勤把兩者巧妙地融合一起，擰成一股堅固的繩索，具有韌性，也有延展性，軍人的紀律與詩人的浪漫，彼此互補，相輔相成，產生一種強勁的驅動力和創造力。這對文學事業是有莫大助力的。我以「博大與均衡」點出洪書勤的人生向度，軍人詩人成功結合是他步向「博大」的重要原因。這使我想起《創世紀》詩人群老一輩的「元勳」們，他們有不少早年也在軍中「當兵吃糧」，都有跟洪書勤相同的心路歷程，打仗不忘寫詩，寫詩不忘打仗。雖然楊宗翰說書勤是屬於新品種的軍旅詩人，但我相信洛夫、張默、辛鬱等幾位「老同袍」，看到這位後起的白袍小將，一定感覺特別親切，也會對他產生殷切的期待。

洪書勤也受過法學教育，在法學與兵學的影響下，他成為一個自我要求很嚴格的人。他是以軍人的敬謹、堅毅，來經營他的文學事業。對生活，他有嚴謹的規範，也有使命感，時常作自我的省思，儘量做到對兩種身分都無所虧欠，從軍人立場看詩人，就像李白名句「卻顧所來徑，蒼茫橫翠微」，那繆斯治下的詩歌，就是洪書勤的翠微山。孫立人當了大將軍，還細心保養一枝士兵使用的步槍，每日擦拭，以示不忘初衷，不可腐化。詩的創作，對洪詩人來說，也等同孫大將軍的那支擦得錚亮的「漢陽造」步槍吧。博大與均衡，這便是洪書勤心目中的「均衡」。

古云「詩言志」，真乃微言大義。書勤的宏觀文化視野和文藝心理學上的認知，是從這句接近儒家思想基礎的話出發的。文化是文學的根幹，文學是文化的花朵，洪書勤認為詩的創作，追求純粹是應該的，但文學在藝術的指向之外，同時也應該向公義邁進。這要延伸到社會共相的領域了。

比較上說，洪書勤的詩觀接近孔子，但在思想中又摻和了法家、兵學家乃至佛家思想元素，稱他「儒者」是未盡貼切的，他所服膺的，應該是儒家對詩歌的觀念。在孔子的眼裏，詩歌的意涵是寬廣而宏偉的，《詩經》成為五經之一，它幾乎顯影了人民生活的全貌，除了厚人倫、美教化、反映民瘼、民怨之外，對於個體生活也是非常重視的，總之大至朝廟樂章，小至俚巷歌謠，都是詩歌的範疇，連青年男女桑間濮上的幽會，也不偏廢。如果拿吃食作比方，在孔老夫子的眼裏，詩歌是個超大號的大餅，但不知什麼原因，經過朝代的更易變化，餅子竟愈做愈小，到了五四新文學運動、五、六十年代台灣的現代詩，餅子變得更小，等到後現代文風來襲，人們以「輕」「薄」為時尚，餅子簡直小得不成樣子了。到了今天，很少再聽到詩運與國運、詩魂與國魂並列的慷慨壯語了。這，算不算是一種失落呢？唐德剛先生有一次寫信告訴我，說新詩發展雖然不到一百年，但舊詩（傳統詩）所有的毛病它都有了。想一想也確實如此。

洪書勤在詩歌探詢的路途上，也有很多轉折變化。他曾在信中告訴我，他早期的作品用字剛烈，強調氣勢，總企圖以自己的作品與歷史對話，但通過深刻的省察，他發現生活欠缺歷練，空洞的吶喊只不過是一種自傷。在軍中生活，難免受到某些束縛，為了不使自己的意志和思考受到壓抑，他發現只有藉詩創作此一管道，觀察周遭人事情感，才能「涵攝返己」。他說：「創作貴乎自然，人格實即詩格。創作的主體為人，若汲汲營營於字詞堆砌，而未見靈魂與氣味，詩作不過就是一張紙罷了。」這樣源自靈魂深處的反思，對年輕詩人而言，是非常難能可貴的。學者劉再復談當代的文學，也發出類似的感喟，他說：「在詩歌愈來愈像謎語的時代，在詩人們逃離道義承擔的時代，在人們的靈魂逐漸感到衰弱的時代，在中國文壇玩語言技巧玩出許多酸氣的時代……讀中禧的詩，反而感到清新，並感到中國詩人的靈魂底層還有不死的力之美與不死的正義之美，由此，便又想到米蘭・昆德拉的話有道理：不可輕言絕望。」又說：「秋瑾是個『詩人』，但首先是個『人詩』。她的人生非常精彩，本身就是一首極美的詩篇。……」劉再復先生這段話出自他為在台灣、香港都生活、工作過的女詩人陳中禧女士詩集《刮風的日子》寫的讀後感。壯哉斯言！這絕對是黃鐘大呂之聲。而這段話，與洪書勤說的「創作的主體為人」，非常相似，都是急於「燃薪成燼，抽絲為帛」，一種裝備文學的真誠想望。

青少年時代的洪書勤羨慕李白謫仙一般的狂放不羈，涉世漸深後，他又對蘇東坡的縱橫開闔、磊落曠達神往不已。他效法前賢，嚴格要求自己做一個「真誠慈悲」的詩人，他希望在人生即將進入「青年期下半場」的當下，調度一切潛能，嘗試把軍事的薰陶、法學（他唸的是法律研究所）的專長，以及他長期浸淫佛教的信仰全部融合在一起，使其成一個完整的精神體，藉此試探建立詩美學「新感覺結構」的可能。

孔子編纂的《詩經》有三百多篇，取其成數曰「詩三百」，內容多元，林林總總各種類題材都有，但編輯者卻把「關雎」放在首篇的位置，這樣的設計，說明一種均衡觀，詩的界定和價值取向，乃是質的問題不是量的問題。不知是有意還是無意，《廢墟漫步指南》這本詩集的卷帙安排，也是把情詩放在前卷。這是一個非常有意思的巧合。洪書勤也許認為他「新感覺結構」的牛刀初試，應該是以情詩開始，這樣比較容易發揮吧？不過這只是我的猜想。詩有三個層界，抒小我之情，抒大我之情與抒無我之情，年青詩人自第一個層界出發是自然的事。

在本集中，比重很大的情詩表現成熟而圓融，證明他嘗試的「新感覺結構」為自己的表達開闢了新版圖。他，在詩神的號召下勇敢出列。本來，單打獨鬥是他一向的主張，但他卻絲毫沒有予人張揚之感，只是，謙虛的默默進行地下試驗，去尋找那最適合他的藝術氛圍。見諸集中這批男女情愛主題的作品，我可以肯定地說，他的試驗獲得了初步的戰績，套句兩棲登陸作戰術語，那是一種「搶灘」的成功。有了這樣的基礎，「新感覺結構」的成型在望焉。

不同於擅寫情詩的前輩詩人鄭愁予、林泠、楊牧、敻虹、席慕蓉，和最近幾年表現突出的中堅代詩人夏宇、陳育虹，洪書勤是用另一種低聲調在唱戀歌，大量使用象徵手法是其特徵，在態度上是冷靜的，沉潛的，隱形的，構成方式則接近數學的精準與邏輯的周延。他並且著重兩人世界音聲笑貌的細節描繪與呼應，表現戀愛中人身心靈交感互動的幽微經驗，把一般定義下的戀愛詩，作了很大的提升，這確是一項具有開創性的試驗。每一個時代有每個時代的特徵、氛圍、顏色、聲音、氣息和慣用的肢體語言，洪書勤緊密地掌握這些元素，淋漓盡致的把它呈現出來，那是屬於他的時代所特有的情人畫像、戀愛戲劇，不是唐宋，不是明清與民國，也不是光復前後的台灣，而是當下、此刻，快筆速寫，他捕捉到了。讀了洪書勤情詩的人，不僅會讚嘆這位詩人真的懂得戀愛，能正確的使用感情，而且會產生一種驚喜，發現E世代的愛情，也可以像秋水般純淨，不染纖塵，這莫非是詩人的夫子自道獻身說法？

詩人篤信佛教，他是以佛心與禪意的神聖領悟來領悟愛情，他筆下的愛情圖畫，就像一幅針腳細密的精緻繡品，耐人欣賞、思索。也使我聯想到唐朝高僧慧能對神的體會，慧能說學佛者不必去找救世主，你自己就是救世主，只要通過「自看、自審、自明、自度，從而自救」，你就能建立屬於自己的本體論，就有自性、本真。套入洪書勤的愛情觀，我們也可以理解為：他的那些情詩，重點不在戀愛中人如何尋找愛神，而是通過自性，悟出自己就是愛神、或悟出男女二人彌合就可成為一尊愛神的神性體驗。

有了這抒小我之情豐碩果實，我們不要忘了具有使命感的洪書勤，他的詩歌大餅也是要做大的，做的愈大愈好。中集後半部就有不少社會性強的作品，已透露出這樣的端倪，從抒情到詠史，才是他作品「不死的力之美，和不死的正義之美」的真諦所在。厚積薄發，總有一天他會噴射出來。而真誠慈悲，一直會與詩人同行。

「實在」·「有料」

——讀洪書勤詩有得

辛鬱

詩是夢的嘴巴
當夜開口
語言就吻了上去

——〈朋分〉

過多言語如同透明盛滿的玻璃杯
悄悄地碎裂在時間海平面上

——〈簡訊〉

手指是在你軀體上的驚嘆號
當我在清晨翻閱妳

——〈頓點〉

那時路上的街燈微微發光
處處棲息著疲累的車輛
半空中一群風走過
樹葉頷首沉睡

——〈應酬返部途中〉

以上的摘句，都是軍中（現階中校）詩人洪書勤的作品。從筆法上看，他是一位駕馭生活語言極為老練的詩人，而且，也頗能溶入當下詩壇的前衛風潮。

早年曾是「植物園詩社」的一員，與楊宗翰、何雅雯、邱稚亘、林群盛等，為現代詩精神的張揚、創新與再起，盡過一份力量。他的作品在近十餘年間，散見於《自由時報》、《聯合報》、《中時晚報》、《台灣日報》、《勁報》等副刊，及《臺灣詩學季刊》；量雖不多，但均屬佳作。

我與洪書勤並不相識，只是平時讀詩略存印象，之所以不自量力，願意為他詩集的出版説幾句話，原因在於，一方面他是軍中詩人，並且是一位職業軍人；而目前軍中詩人已不多見（短期服兵役者除外）。再方面是他的詩，「實在」、「有料」的表現，較之時下部分操弄文字，從外觀看來炫麗、奧奇，實則空泛而無所指涉的詩作，要耐讀且耐人尋味。

不過，他的作品不免也玩些花巧，句子拖拉太甚、太煩瑣，過度揉弄意象徒傷本來的真意；幸而這些缺失的比例不高。

洪書勤自述，幼時即喜歡翻書，不管懂或不懂。這翻書的自發性作為，逐漸演進為閱讀，而且不是囫圇吞棗地讀，是一頁一頁求知、求解地讀。這讓從事國中、小教育工作的爸媽，十分歡忻，從旁時加鼓勵。於是，到了國中階段，洪書勤開始信手塗鴉，部分作品竟獲地方報刊登載；這份鼓勵使他立志要當一個「寫作人」。

進高中，幸運的是得吳當老師指點、啟發，洪書勤決定專往寫詩這條路發展。利用寒暑假，參加全國性文藝營，終於得到瘂弦、李瑞騰、陳義芝等開導，順利晉身現代詩領域。

洪書勤大專唸的是「國防管理學院」，透過寫詩認識了楊宗翰、何雅雯等，共組「植物園詩社」為詩盡心盡力。

我一貫主張詩必須貼近生活，與生命脈動相屬。語言上不論如何運作、錘煉皆應源自生活。本持這一根性，詩的表現應是與個人所在的時空相聯繫的。如此詩才能夠在眾生心中產生感應，進而孕生意念與發酵情趣。

讀洪書勤的詩，我最深其實也是最確切明白的感受，是他身處一個電子化時代，社會急速遞變的現代化都會中，那些並不實際關係到生命的存在與否，卻密切關係到生活的各種狀況的變化，洪書勤用詩記錄並抒寫心中的點點滴滴。它們有如「泰山之重」，也有如「羽毛之輕」。在這個時代中所謂的「輕」與「重」，有時被完全倒置；這便是文學中的「顛覆」！

台北市某些人多的地方，與十年前已逐步變貌，躁動與寧靜同時坦陳在瞬息，大小、美醜、優劣、好壞甚至香臭等等，一併切入人們視域，要麼全盤接受，要麼整體推拒，「後現代」沒有中性地界。

洪書勤工作單位就在那附近，所以感受特多，其實這不也是一種生活？他終於把這些作了反映——在詩中。

但這只是一種貌相，他有些作品卻是非常「生活化」，也非常易解；我特別喜歡。

例如〈官兵殮葬補助費發放證明冊〉，單看詩名，就知道這是發生在軍中的事件，也只有軍中承辦此事件或經手此事件者才知道有這麼回事（洪書勤大概曾經手或承辦）。詩中，洪書勤的細膩筆觸，把我帶進一個陌生世界，轉來轉去，終於使我明白此事件，竟還聯繫者人性與人情，聯繫著生與死乃至金錢這身外物。這就是洪書勤把一個生疏題材轉為「生活化」的結果，而「生活化」也就是現實的真切寫照，為敘事性質詩作不可缺少的表現手段。

又如〈療養院素描〉三題〈編號〉、〈外宿〉與〈筆〉，其生活化的現實寫照，更是明白清晰。詩中人物「我」，在〈編號〉一詩中，僅是一個符號而已，也等於一個數字代替了一個有生命的人；這是何等深沉、悲涼的寫照？失去生命只有一個數字作為替身的「我」，到了〈外宿〉一詩，連生命的根源也被割斷了，親情、家……一切都歸零——「我」只是一個數字而已。第三首〈筆〉，文字雖然較為鬆動，但讀來更令人心痛。沒有筆，連所有要說說心中話的管道也斷了，「我」還向誰控告或傾訴？噢，還有藍天；但藍天會對一個數字動情嗎？這首詩是不會給出答覆的！

「實在」，「有料」，洪書勤已為自己構建一個格局，希望他再往前衝刺。

期待已久，六年級作家集體推薦

——洪書勤詩集《廢墟漫步指南》

◎林婉瑜（詩人，著有《剛剛發生的事》）

書勤的詩適合誦讀出聲，是一種浪
或潮汐的韻致。詩裡
不止一次我們見其心智從嚴謹軍旅生活出走，
從書寫日常的主旋律歧出，銜接城市生活反思以及
對繁瑣現實的寬厚承接。

書勤的詩昭示心的自由。
詩人觀看生活於心中產生的獨有圖像，比生活本身更為重要。
卻並非所有人
都能從外在世界讀出什麼。書勤有此種能力因此
規則律令不能桎梏他，他自在地觀想
把平板日子解離為多層次且繁複。

我們都在服役，日出月落，在一個小小星球。
入夜，城市記得關燈，蟲魚鳥獸回歸寢室；凌晨
汽機車引擎吹奏起床號，所有人排隊接受日光點召，投入新的一日。
我們還是可以抗命不從，
可以在閱讀一首詩的時間裡，安居於詩的星座……

◎張耀仁（小說家，著有《親愛練習》）

重讀這些詩的當下，琉璃萬頃，有一片刻以為浪潮洶湧，以為這個夏季還有足供閒蕩的揮霍時光，未料瞬忽已至哀樂中年。

由是，總難以客觀看待這些詩作。在那裡（二〇〇〇年之交或者更早的），年輕的詩人試圖將世界處理成溫暖而殘忍的冰藍景觀，其中輕盈的困頓的乃至不慎跌墜的對於字句的反覆推敲，皆讓我們目睹一幕青春詩人的戮力飛翔，飛更高更優美的弧度，儘管近期以來詩人詩風已臻另一層次。

時光指南。但時光真的拖得太長太長了。所幸我和我的詩人壯志未老，猶見遍地泥濘俱呈繁花，此時此當是我們昂首向前，力鞭那怨懟而遲疑的小毛驢！（典出詩人〈我的詩人啊〉）

◎楊宗翰（評論家，著有《台灣現代詩史：批判的閱讀》）

洪書勤的詩，起於對生命與環境的憤懣難抑，止於自省後的沉澱清明。他生於台東，高中畢業便離鄉入軍校求學，此後不斷調任各處，無一地能久居。與辛鬱、痖弦等前輩相較，洪書勤是全新品種的軍旅詩人，沒有血肉模糊、顛沛流離的戰爭經驗；但日常生活的砲彈卻總是瞄準著他，迫他得以文學自癒。這樣的詩，當然「輕」不起來，詩風亦與同世代創作者迥異。

讀洪書勤的詩，從來都不是件愉快的事。磨劍十餘年，「廢墟漫步指南」終於從部落格名稱變成一冊（令人不快）的詩集，讀者也因此有機會完整體驗他的堅硬詩質，與同樣重量的慈愛悲憫。

◎何雅雯（詩人，著有《抒情考古學》）

以前書勤常喝酒，酒中有無數豪情，以及無數不得已。就像書勤的詩，然也，不得不然也。於是快樂的時候，我不敢讀書勤的詩，因為詩中現實如此貼近，重重敲擊著生活的每一片磚瓦。不快樂的時候，我也怕讀書勤的詩，因為在磊磊的志意與頓挫之間，我的不快樂都顯得太過奢侈。

那時候我們在咖啡店裡聚會，少年十五二十時，猶然困蹇於情愛、流連於大千，書勤早已經在規律嚴整的結構裡，壓迫著自己，壓迫著無窮盡的壓迫。時光破碎，生命虛空，人們習慣輕輕點染、巧為穿插，高雅精細地或笑或淚。但書勤不玩這些手段，不輕笑、不縱聲，赤手空拳，正面搏擊，每一低喊都是靈魂的奮爭。

◎邱稚亘（詩人，著有《大好時光》）

我始終記得那個晚上，在那個身邊圍繞著軍中友朋，桌上堆滿了酒開的宵夜與啤酒空罐那種被某種潛規則籠罩而不得不杯觥交錯行禮如儀的場合，書勤在幫重感冒的我擋了許多杯酒以後，忽然被切換到某個超現實的綜藝頻道那樣開始面對全場奮力模仿與搞笑，直到眾人的注意力從不夠上道的我身上轉開為止。然後在下一個時刻，當我們終於各自從那個人聲轟然的房間找到空檔開溜，回到沒有開燈的陰暗辦公室裡，書勤開啟塑料外殼已經泛黃的配發桌上電腦，打開WORD程式，接著開始敲擊鍵盤，開始寫詩……。

我一直認為直到那個當下我才終於懂得書勤詩裡深藏的奧秘（儘管在那之前我們已經認識超過十五年）。詩是唯一摘下面具的方法，儘管那樣的剝離從來就無法避免痛楚，但當我們不得不挺身站在現實的巨大廢墟面前的時候，這仍然是唯一並且有效的方式。

而我始終在他的詩裡看見兩張重疊的臉孔，一張是剛剛自台東小城出走，對世界滿懷文藝夢想的初心少年，另一個則是在龐大的怪獸機制與成人規則裡傷痕累累，卻仍然持續向人生揮拳的企業戰士……。

目次

輯二　磚石的斑駁耳語

輯三　停格切分音

輯四 雷雨躲藏密則

輯五　水聲自壁中歸我安眠

輯一 路標遠足前夕

朋分

詩是夢的嘴巴
當夜開口
語言就吻了上去

匆匆如雨的世界聚合於此
流動彼此哀愁往事並且
歡喜地爭食睡眠

而我是遺產
當實話死了之後

自由時報副刊，二〇〇〇年六月二十日

簡訊

接著我以為看見了整個夜晚陸沉
當時鐘緩慢傾斜　桌燈吐出氣泡
有一些聲音開始向上湧昇
我才發現
手機已經滅頂

過多話語如同透明盛滿的玻璃杯
悄悄地碎裂在時間海平面上
像是月光漸闇　或者
彷若聯結沉默島嶼的海底電纜
遊走在日常生活的汐間帶　像一隻
窩藏在暗礁裡的岩鰻
獵食我們無時漂浮卻
從來不說的秘密

而我總是安靜地期待潮退
來輕輕擦拭將要長滿海鏽的手機記憶
並且為她訴說最末一個睡前故事　僅止於
輕緩的鼻息　一則
已存訊息的長度

陽光永遠照耀在電視機上

當妳開始擁抱我
我說
陽光永遠照耀在電視機上
那序言
如同我們說不清楚的
期待　厚厚的布幕

妳試著用手指觸碰
一種以敘事說話的方式
震動著當我們騎著機車回家
世界都在後照鏡底快速地說話
僅是妳手指
不成名的指涉　安靜
別說

總有一些角色令人發噱　揚怒
也許憎惡　如果我們都不再多說
或許陽光並不在睡眠時
對我們凝視
我們會回到自己
夢境很深很沉

如同布幕總在上演時靜默站立
陽光永遠照耀在電視機上
沒有開關　當歌聲再度將妳送回童騃
當妳開始選擇擁抱
當妳
背過身
那我們曾經以為
熟悉的主題曲和收播時間

陽光永遠照耀在電視機上
如同我們說不完的電話
不醒的賴床
淚止寧靜的哀傷

頓點

手指是在你軀體上的驚嘆號
當我在清晨翻閱妳

沒有聲音
只有風把天色拂醒

手機沒有留言

耳蝸隨時都有
你全裸的潮音

視訊複寫

因為黑夜是如此光亮以致
我們看不見彼此即將闔上的眼睛　像一座
浮升在空中的島嶼　悄悄隱沒在
漲潮的東北季風裡　親愛的
猜測過往如同凌晨街道一般冷清
派報生把日期夾進生活
我們則把廣告和競選傳單當作一份
再平常不過的問候與情書
回收再回收　摺成紙盒
盛裝吃剩的油膩閒餘或者
一雙冰冷的雙手

在冬天　在如蟻緩慢的長串等待
期待鼻塞著而總是用力咳出另一個明天
想像並不比爭吵過後的口袋更溫暖
然後緩緩走上樓梯　用尖銳怨懟開啟童話的房門

我們隨時可以揀選樣式新穎的寓言
量身訂作　穿上它　撫摸它
順著毛皮的方向感受
成年人一日所需熱量與佯裝的
單純天真

深夜裡電話響起　而我們
已然入夢　午后電話依舊蹲踞在
即時新聞的某一個角落
冗長的熟睡正持續著
而日間如此昏暗
我們錯失彼此的側臉
在更多個日常而乏味的取景窗裡
迴旋　搜尋　鍵入熟悉且安全的網址
直接點選我的最愛

因為溼度何等敏感善變　因為
距離如同一道無解的謎題
因為我們無時無刻等待著一通
無須再說些甚麼的
沉默來電　因為
因為

我們安靜對話的時刻

當浴室水聲沿著夜晚一路拾起
夏日陣雨的模擬試卷
我們從不及格的成績單上
重新讀取昔日褪色的唇形
颱風瞳孔裡
我們以吻彼此封緘
那些將說出口和已然俯臥季風背後的
而那些時刻　我們安靜對話的時刻
在大雨浸濕前往語言的道途　在我的舌上
緩慢游牧

在城市的屋頂上潛行進入
光亮的夢境　在捷運交換各自
倒退與前進的日常等候　在地球的彼端慢步走跑
與日出追逐嬉戲
在起飛的前一秒鐘與下一秒鐘

默契的分駐所裡我們製作彼此的筆錄
起訴對方以酣聲大作的真實　以曝光過度的臆測與
即期兑現的眺望　以一段沒有盡頭的旅程
起訴對方
以愛

而天空開始探手向下　巨大的掌紋彷彿
一些太遠的旅程
百年之後我依然會記得誰與誰的生日與節慶
生活中我們從未收到請柬
為誰與誰的婚禮高歌　歡呼　喜極而泣
偶而我們為誰與誰守夜　為一具斷氣的承諾或者
冰冷的撫慰或者
在彼此唯一的呼吸裡看見墓碑長出
眼神的青苔　在時間食道裡

逐漸成為不可辨認的
古老碑石

而那些時刻　我們安靜對話的時刻
我正反覆拓印著妳
晴雨歷歷的眼神
當耳語如風豢養著
過胖的預言　當心跳遺失
而燃燒在整座城市上空的
火紅的雲

愛的邏輯惡戲

我奪去我自己
我便消失
然而　又是誰奪了我
讓我在此對妳說話

妳也奪去我
如此妳便擁有我
但為妳所奪的
又是哪一個我呢

我既奪不回奪了我的妳
推定投降也奪了我
所以妳是投降？
而妳既是投降
勝利便應是我

但原來
勝利不過就是
失去自己的自己

類躁鬱急行板

我最親愛、我最親愛的，整個市街都變了型，學校停課，年幼的孩子們
頂著黃色帽子正在跑步回家
大人提著公事包，打開便有由地面向上掉落的雨水灑遍天空
在窗外，玫瑰依舊嬌豔，地獄火把照耀
城市處處明亮動人，小丑把眾人的鼻子輪流拋著玩樂
觀眾則把變硬的麵包投向他，要他好好吃完
也並不與他約定誰與誰的耳朵適合聽見那些急速飛逝的
時間的聲響
我看見妳的背影，我急速向前，我站定將手放上誰的肩
扳過來是一具無名的空白
他對我笑著，親吻我，對我說沒有下一步的懸崖與前一步的踩空
我不知道自己的名字
不知道那些玩樂的小丑們用什麼馴服從各地動物園裡
偷來的安詳如羊的獅子
咬著我，咬著我，直到和平的傷口被暴烈地撕扯
漸漸有二部三部四部五部的合音開始頌讚美妙的憤怒

愉悅的哀傷，在空白重新上色之前
我依舊看見飄落的氣溫有著誰的眼淚與濕氣
而誰都不想再做些什麼，贖罪些什麼
就連愛妳這樣安逸的暴力瞬間都要成為不滅的嘆息！

而我不知名，我不知名
在妳的名字前我跪求明日的壞天氣
颳風或者下雨，或者單點世紀空前的暴風雪
讓妳在被窩裡經歷更多無從得知的悔恨與怨憎
在更大跳躍的前提下，不許易怒不許開玩笑不許交換肉體與靈魂
遠方的鐘聲騎著馬，石板路上濕滑
我打開黑暗中的公事包，嘩地一聲節慶浪潮撲上感知的海灘
面前的斑駁佛像別過頭去，彷彿聽到了誰的呼喊
我在這裡看著堅毅的笑容持續上漲如同長紅的概念股票
但還不及我所在的遠方

而我將時間關掉
將年久失修的鬆弛按鈕重重敲擊
跳電的世界讓所有孩子們都震驚地大叫起來
我的黃色帽子碎裂在風中
我的黑暗公事包碎裂在風中
我與我的語言碎裂在風中
在即將關閉的錄音室或市政廳裡
我見證一抹綠色的影子竊食著那些碎片
漸漸走近漸漸走近
走近成一種沒有焦距的模糊
與巨大浮腫的期盼
在槍響前大喊著我很好
然後碎裂的風中
我的流浪、安靜與等待
正悄悄地兌換著無限暴漲
字與字之間無從窺探的

無關於公理與正義、永恆焚燒的
我看不見的空白

幸福

原來這也是一種幸福
在小城　過去與未來同步轉播
那些理想與現實對抗的進球實況
入夜的大街
我們還能看見仍然年少的老店繼續販售
保存期限僅至完成歸鄉的默契
當等待逐漸歸併在夏日無從閃避的午睡裡
似乎醒著也並不比一部紀錄片真實
而那些轉折語
膽小鬼般躲在街景的縫隙
窗戶開開闔闔
日光游移在誰的猜拳與賭注？

然而我卻無法確定那曾經是一種幸福
可能　或許　說不定
日出的海岸也有細碎的波浪重複不斷

這樣無法確定的表意語句
從縱谷經由平原　到達沒有高樓刺傷的完整天空
戰機依舊在航道上傳遞
某一堂沒有下課鐘聲的算式
理智與勇氣　真相與公理　坦率與跨越
如何衍繹　或者證明
而正解是否還浮現在
誰的魚尾紋裡？

燈塔與夜間班機並未陳列在博物館
成為後人可得而知的流利知識
遠方排隊購買安靜的路燈
也未能得願在家規時限內重啟
想像的大門
海堤上　我信步在那
放映師封緘的秘密之後　親愛的導演

在鐵盒裡的仍是那些修剪的片段嗎　或是後座間隙
為你來回撫背的風？

星夜終究還是佔滿了所有版面　在退潮
的礫岸上報導更多條列式密碼　濕潤而冰涼
原來這也是一種幸福
尚未兌換的里程還沒有回到起點　遲到的大雨
多年後我們仍然嫌它早退
讓我們重新丟失每一張封條　每一種潤絲精
計劃告白的單眼相機從未醒轉
虛無的安全帽總已違規回家　而親愛的
隧道彼端尚未對焦成
熄燈的盡頭　但此端
已是加速離陸
你我印象的每一個昨日

輯二　磚石的斑駁耳語

未醒

貓來啣走檯燈時
我正俯身入睡

夢境太過逼真
使我誤以為才醒過來
刷牙　省略早餐
戴上識別證
開始一天的工作

工作驅散想像時
莫名積極起來
使我誤以為可免應酬
時常出神的窘境
喝下酒去
把醉況訴說清醒

當清醒被誤解
睡眠真正地來了
並且在夢中確切聽見
貓才走近

自由時報副刊，二〇〇〇年七月二十七日

交通

為了忍氣吞聲
他決定斟滿一杯紅酒
不加冰塊
飯桌上有牙籤
沒有任何一個人剔牙

羊肉火鍋裡剩下碎豆腐　而且不是
那種冷凍的　他想起辦公室
碎紙機裡的工作案
或許隔夜的食物只能留下
表層冷凝的油脂
如同錯誤
應當倒在餿水桶裡
而不是水溝

窗外下了點兒雨
行人紛紛低頭走過
餐廳的侍者像是
俳句　優雅而意味深長地
象徵無可挑剔的存在

終於得回家了
他看著那杯尚未被消化的紅酒
才恍惚地明白
冰塊或許是必要的

他突然覺得有些羊肉屑
塞在牙縫裡

台灣詩學季刊第三十二期，二〇〇〇年九月

戀物癖

我從時光細縫裡偷取妳的夢想
自一張可以向後仰靠的椅子
一部載滿夜語的長途公車
和寫滿眼睛的右手

如同在陽光沐浴的甬道上
沒有人會悲觀地以為罰站會
永遠無趣地持續練唱著
我伸手　或許我以為
那會是一個輕盈可人的名字
一段貼滿妳心事的衣衫　或者
是一本可以進入全世界的永久護照

行李袋吐出一雙舞鞋　一塊
餅干　我不餓　卻看見舞鞋
逕自騰踏　時躍時奔跑

我想像那身姿如何
搏取全場的驚呼與掌聲　妳會以
何等優靜的答謝面對汗水
我遺失筆和理智
像是不回頭的昨天

像是不回頭的昨天
真實的妳我卻行走明日
為了什麼我必須歸還自己
在妳甦醒之前？
我以自己救贖偷竊的罪名
或僅是未遂

黎明甦醒在謝幕之前
我或許即將看見妳恐懼
亟欲逃避的眼神

我沒有舞鞋
舞鞋在妳長長的睫毛之下
完好如初

下車在驗閱目的地之後
司機意味深長地記憶我的身高
體型和臉龐
我想他會堅決地提醒妳
請注意行李錢財是否失竊
在妳車停乍醒時分
而我才能明白
失竊的自己
是不是消失在妳輕巧的鼾聲裡？
我想他將堅決地提醒妳
在妳也要結束旅程之前

而當一切都如同昨天安詳美好
我會大聲地訓斥自己
如同每一個標榜誠實的明天

台灣日報副刊，二〇〇〇年八月十一日

爭執

一個杯子擱在那兒
冰塊掉落
水還沒有喝完

桌上有一圈水漬
冰塊緩慢溶化
於是有海洋

海鷗飛過小小的浪花
妳的頭髮

汽笛聲

妳紅色的眼
是夕陽

界外回身

當然　從風開始悄悄
對我說話　雲層上
月光依舊漫步在
我們夜間相互飛行的絕祕謎語
從妳遙遠而盛開的眼神
從我的安靜背影

夢境始終黑白　偶爾
也有紅燈佇立在竟月的雨季中
示我噤聲
我們總是說得不夠
在海洋背面　在時間的鏡像
在天空以上　在寫粗復細的
太陽的鉛筆　我們影子
一天一天在地上塗鴉
畫滿直覺的鐵軌　猜想的航跡

而時光滿溢的水窪
我們從未錯譯的想念倒影

風化的領口
吐出滿頭
花白的雨水

倘若斜射進來的　不過是
天空微弱的鼻息

佇立的處所　都是月臺
都是行李與旅行錯落的開始

咆哮的房屋開始紛紛走避
每一座飛越的窗口都有
向灰暗試探的風景　都有
從遠方掉落的回憶
月光小心翼翼地拾起
每一只哭泣的信封
斑駁燭光聽見
郵戳不斷滑翔的身世
正像逃亡的筆跡
在無限延伸　鐵道仰望的地平線上

找尋一個無法預知的轉角

我們將要如何送別斷續抽長的食指
如何停止失卻方向的時針　如何
翦下失落在千山萬水的蹄甲
如何逆風呼喊
我們曾經緊緊相擁但
卻早已風化的領口

風化的領口　視線筆直而濕潤
當滿頭花白的雨水開始飛行
列車將在所有的月臺停佇
將我們生命深深記取的站名
細細讀出

台灣日報副刊，一九九七年十一月一日

如光的指節

早晨後棉被才像感冒般失溫
往昨天的走廊就暗了

然後我們開始佯裝悠閒
散步向高聳的黑暗
少年的樓頂只有遠方煙囪在說些甚麼
總有人期待一段舒適的下坡
彷彿有光　彷彿
靈魂的山洞讓我們無法久留
如同一只沒有形狀的戒指

長久以來
無言讓對話顯現黑白
但更多時候失去焦距卻讓生活變得精采
關於愛或者愛情　一整套

全新改版乾淨未曾塗改的每日新希望
夏日時我們坐著公車上山
清涼從來沒有座位　入冬後
電暖爐在房間裡合唱　而當所有開始倒退
杯子裡的開水回到玻璃壺　雨傘張開
有人再度投下一把零錢
回到站牌前等著下一班願意停靠的公車

然後雨開始下起像是一種迷路的猜測
一兩則呼叫器上的不規則亂碼
總是遲到的午後天氣預報
睡夢中早起的鬧鐘鈴響
字跡模糊的電話號碼
看不完的小說章節

黑夜裡　我輕緩翻過身
妳細柔的髮
是切割夢境的換日線

然後我們開始佯裝悠閒
小跑步向回憶的終點　有人已經
圈起手心大聲喊著　彷若一場凱旋的慶典
時間靜止而美好如昔
終年溫暖有光

最末一封回信

（妳的眼神也久候未晴嗎？
冗長的梅雨季節。）

那或許是最大的謎題
在牽手之後　享用一杯
熱騰騰的咖啡之前
傾倒的電話鈴聲
依舊維持它的沉默

收到一封信
明知是妳親手封緘
但我缺乏瞭解。例如
故事的出生地　星座
血型　身高體重　掌心的厚度
會不會因為緊張而流汗
一如此時　在我尚未展閱之前

郵戳像是一把灰色的鑰匙
緩緩地開啟陰霾的眼睛

所謂的道歉其實並不存在
或無所不在
對於時光說得太久走得太快
我們照例收信寄信
像蒐集所有不同國籍的
牛奶糖娃娃各自不完整的身世
相互鞠躬　微笑　而後謝幕退場
而後投遞　而後戴上耳機
彼此聽取一段郵途中過於真心
卻無力周全的謊言

因為季節且因為冷
因為子夜讓我翻身驚醒的

電話鈴聲及如犬的惡夢
關於回憶其實並不太遙遠
如果氣溫並沒有下降
如果妳可以標明郵遞區號　或者
告訴我從何開始　如何結束

（我看見深夜，
開始在街道上巨幅空白廣告的照明燈熄滅時。）

台灣日報副刊，二〇〇〇年六月三十日

遲到的無限多解

你的答案比
鬆餅更細密妥適　對於早晨
我們說話並輕哄彼此入睡
離棄搖擺而泥濘的憂傷問句
而後失眠　或許也不翻身
如一個紅腫的眼袋
開始倒數另一段平穩而無夢的
午后時光

荒廢鐵橋每每遙遠如子夜
沉悶的落雷　翻過手
便是整座天空的甦醒
入睡後我們才決定張開抉擇的耳朵
算計龍舌蘭是否濃烈如日落　而血液
匆匆通過我的眼睛
你正逐字檢閱

沒有更為正式的要求再望後退了
當離別讓一頓安詳早餐再緩慢一些
我們便無法如同一杯隔夜半滿的礦泉水
來得安靜而等候再一個晴天
或者雨天
開一扇黑夜的窗
總有風與不斷騰升的路燈
將我搖醒　帶上一扇門　請輕輕
南下火車的月台上還有走失的旅人
張貼在褪色夢遊的
破舊公布欄

而沒有一個答案比
堅持生命更為苦楚而哀痛
親愛的　粗暴而無禮的初衷總在另一刻餵飽我們

迅速茁壯的臆測直到
我們恭敬地撫摸突來的心酸
擁著跳舞
一遍又一遍　直到
你我安心入睡

以謀殺為名

最後就消失了　親愛的
當我們為彼此的胸上刺進一朵乾燥而
靜美的鮮花　在時光的另一座
游泳池裡　誰會搶先上岸
擦乾頭髮　向對方發問
「而這是謀殺嗎　可是
我卻感覺完美的溫柔……」

從來就沒有人清楚
如何在見面或離開之前
馴養一頭黯淡的影子　總是沒有精神　低著頭
等待蹲下的另一雙手　說話　餵養　或許再一次
和善而輕盈的撫摸　然後起身
找一個光亮的地方　讓牠看起來更深刻
更有力量
而這一切不過如同一只入眠後的耳機

靜靜地躺臥在我們
時常交換夢境的隔壁

隔壁是一所小學的操場　在每一個寒冷的
夜晚裡　我們習於奔跑　捉迷藏　大聲喊叫
如同午餐般營養的電子郵件
有豐富的表情符號　溫燙適中的祝福與
問候　而當怨嘆逐漸失去新鮮
我們開始計劃逃學　瘋狂玩耍
學會一百句永遠禁止的露骨示愛
「而翻過牆會到哪裡呢」
一紙空白的答案卷
從時間的手上接過
開始停止作答

繼續不停地向前游著　親愛的
我們多麼畏懼不是自己回答著再一道
相同的問題
影子消失在更為幽微的池水裡
而妳是否就此起身　上岸
牽著自己的影子離開　讓我們
重新再一次為彼此的胸上刺進一把
安靜而優雅的告別
當我們再回首沿途尋找膽怯而懦弱
迷路的昨天

輯三

停格切分音

呵欠

話筒的另一端是妳
牙齒聲帶以及鼻腔共鳴的震動
我明白
生活時我們都慣把自己推開
遺棄逆光跌落的背影

你明白
微波傳送到的地方是一個
藏身於極多樹木或肅穆的營區
隨時會有身著野戰服的軍人
同你對話
他將不會說明自己的單位番號
如同沒有人知道我們第一次牽手的日子

是夜
我等待妳等待著我

無法熟睡的事實
走遠走近

勁報副刊，一九九九年十二月二十三日

天氣

嗯也許是天氣不夠好
我明明是愛妳的呀

起床在凌晨五時三十分
那時旅長某少將已經穿上
傳令擦亮的皮鞋
如同被妳仔細怨懟的我
一再重覆精神講話

大部分是無義的語助詞
一不注意便下雨了
官兵安靜注視
自己浸染積水地面的倒影
我們在不同的遠方
收聽不同頻道和角度的廣播
更多時候

僅是糢糊而沙啞
類似愛情講座或賣膏藥的
不知名節目

自然亦有如故障手機
淋濕而震動焦味的兵員
他們暗暗通訊所有正確的誤解
不需要密碼

當然更不在乎走音
我們的對話進行到哪裡　氣溫
課業還是鍾愛的布偶？
旅長漸漸只說得出雨聲
我說出妳

部隊即將帶回
而當口令錯落調整
紛亂如濕透軍襪的一雙雙步伐
我彷彿聽見
妳說：天氣

台灣日報副刊，二〇〇〇年十月六日

如果在早晨

失血的牙刷開始向後奔跑
沒有太陽　地平線寂寞的星期一
不及起身的夢境走入鏡子
你看見瞳孔裡
沒有盡頭　飛行的空域
緩緩沉落在
鋼盆的白毛巾上
沾有足跡

將流浪的次數輕輕理清
門外便是驚醒的起點
有成群的天線織入天空
空白靜靜等待

樓梯的盡頭是海　還在遠方
擲準遊戲一再上演

風會在子時飛過所有
鐵道的縫隙　正像沙與潮汐的約定
總在你俯下身子的眼裡深深相吻

走失的年份仍在計畫
冒險的節奏在瓦上想起
不同的氣味往往不過是扎手的記憶
眼鏡上不同的霧氣
愛人親暱　淚和自己的祕密

然後穿上沉默　傾聽
早晨七點五十九分走下樓梯的聲響
綿密而無息

台灣日報副刊，一九九七年六月三日

應酬

返部途中

那時路上的街道微微發光
處處棲息著疲累的車輛
半空中一群風走過
樹葉頷首沉睡

房屋在月光下抽長
像是盡頭逐步潮來的波汐
波汐是夢境
遺在地平線上的足跡

我想起妳的擁抱
擁抱後殘留的餘溫
如同我們曾經遊走沙灘
卻怎麼也無法抖盡
趾間的沙

聯合報副刊，二〇〇〇年七月二十二日

官兵殮葬補助費發放證明冊

父親
當你走近櫃檯
後邊的青年軍官正在仔細審核
發放證明冊金額是否相符
保付印鑑清晰如同事實
太陽底下
這些日子以來

點鈔機快速清點鈔紙
許久以來想必
工作後你慢慢騎車回家
孩子的母親正在炒菜
你拎著麵包
是孩子最愛吃的那一種口味
也許

也許成績單在你的面前發著光
深夜裡孩子喋喋不休
關於社團以及生活的小小惡作劇
很長一段時間你為一棟房子努力工作
那裡有你心愛的妻子
還有她子宮裡的
另外一個你
你即將睡著
會有一床被子覆著你　一盞
竟夜不熄的檯燈

醒來時是另一個清晨
孩子早已出門
端著槍　佇在部隊之前
大聲向誰問好
軍車來來去去　日夜也是

女孩總在假日來到你的面前臉紅
是孩子的手牽著她

父親
當你走近櫃檯
青年軍官將證件整齊放好　喚著名字
有厚厚一疊千元鈔在收付盤裡
他聽見你說謝謝　聲音低沉而真摯
一段旅程的終點
孩子沒有回過頭來

父親　你背過身
開始走向大門
大太陽下
你獨自開車回家
孩子在北方的山上望著太平洋

而你望著方向盤
一切一切都正在發生

台灣日報副刊，二〇〇三年二月二十三日

火光

就著殘餘的天光寫信給你
像是當年我們各自離家
一同在高地上　拄著槍
用夕下的雲彩象徵
遠方家人的臉
輕柔並緩緩黯淡
星子總不意就滴出

就著且停且行的公車為你封緘
初夏的微風帶來
窗外回堵車潮駕駛等待的眼神
濕熱而焦躁
那時我們想來還不熟識
卻一同追逐飛散的牙膏牙刷肥皂盒和
入伍班長以光速行進的斥罵

我們相距其實並不太遠
僅是一層樓的高度

表尺的高度
你我賴以測量射擊及
家鄉的距離
通常我們會在聯合餐廳吃下
韌如皮革的雞翅與
稍嫌溫燙的甜湯之後
狂奔　洗澡　相互倒數計時且
不因彼此的長短而分別快慢
打靶亦是　教戰總則亦是
我們齊著腳步走　聽著口令
排頭步伐同排尾
無論何處

走在這裡
丘陵似乎永遠沉默地環繞
在暮色飄忽的時分
我們眺望摩天樓鄉愁閃爍
縱使家僅在圍牆與
營門之外　之外相鄰的城市
縱使臺北盆地上空飛行的
民航機感覺
春天與秋天的距離何等接近
我們為出不完的公差
額手吞忍

麻膛的槍
搶不到的湯料
背完了交易科目我們關上門窗
為一日三次的飯菜移動身軀

慶生的日子我們舉杯
大聲慶祝並靜靜
聆聽畢業的腳步聲
畢業的腳步聲藏在第八節課　或
是基本教練
在踢腿與甩手的正步之間
我們攊首注目
如已迎空飛翔

飛翔時我們不免注意黑板以及
授課教官的手勢語調
下週交報告　下個月期中考
下午學弟完成入伍返校　下一刻
預料將要解題
課本下的作業紙許是情書

許是臃腫的筆記
我們為自己規劃戰鬥
從時時光潔無暇的整衣鏡中
讀取日漸醒轉的意志

意志亦有年歲　求愛的年歲
連長結婚的晚上　我們獲得
特許　特許引吭高歌
特許為認識與不認識的人們　為喜悅
暢飲
那還是不必穿戴安全帽的年份
夜中我們飛馳　為自己的生命電掣
想或許未來將提前來臨

來臨了我們把大盤帽向天空狠狠拋起
用力地唱著豪情與院歌

為彼此新掛的軍階一再道賀
並將自己朝全國各駐地迅速擲去

我們在四方

在四方
隱隱約約夢在四方夜裡浮起
如同微弱的火光　我們看見許多
許多少時的景況隨風搖擺
搖擺在拐么四高地　先鋒路口
望雲山　明善寺與張簡家祠
整群整群的軍校生行走其上
模擬攻防與黃色笑話
啊是那到處飛揚的火光

如同微弱的火光
我們飄泊未來與四方
乖巧地馴養或勃發或失意的
身我　謹慎而小心
趁著預算也一併支用自己的稚嫩
換取能力
借與貸　歲入與歲出
我們何嘗不明白
收支終將必須平衡

如同微弱的火光　我們都不曾預見
青春烙下一道深深的口子
當女孩苦痛地翻滾在臺南的街道
當媒體大肆抨擊你的衝動與用心
當我們都為未來感到惶恐不安而

震動顫慄　親愛的弟兄
我們不見黑暗中的你

不見黑暗中的你　親愛的弟兄
我們剪下報載為你嘆息
我們不忍苛責
我們不禁怨懟
正像燒傷的愛情仍不免疤痕

不見黑暗中的你　親愛的弟兄
微弱的火光下我們不願
不願臆測軍法將羈著你走向何處而
我們即將依照發放規定
計算你當得或不當得的薪餉
為我們的理想

及堅持的
操守

我們仍願堅守
親愛的弟兄　我們仍願此地等待
當火光漸次滅去
當青春振翅遠行
我將在這裡就著破曉投郵
持續守候不遠的黎明

後記：

民國八十八年五月二十日晚間，空軍臺南基地樊興勇中尉疑因感情問題處理不當，潑灑汽油引火燒傷女友蘇鈺萍小姐，並造成其全身皮膚百分之六十的三度灼傷。此事經媒體披露，引起社會一陣嘩然與嚴厲指責。

無論如何，興勇必得他應有的制裁，不遑多論。在此除對蘇小姐及其親友致上最誠摯之歉意外，亦期望興勇在最黑暗的深淵裡，能時時惦記著還有一群好同學在全國各地等著他，等著他靜靜思索，等著他解開心結，更等著他勇於面對自己，重回我們的懷抱。也深切期盼再一次聽到他對自己的期許——如同畢業紀念冊上他個人專屬頁上所記載：

玉不琢不成器，人不學不知義。
堂堂正正做人，清清白白做事。

台灣詩學季刊第三十期，二〇〇〇年三月

和平擊發

當我離開椅子　站起來　向光亮走去
孩子　你滿面細沙　望著烽煙四起的廣大荒野和人民
闔上眼睛　俯臥著進入另外一個無法結疤的黑色決戰日
而履車是上下索愛的雙手　貧瘠沙地
彩色的魂靈在沒有星月的暗夜裡沉默上昇　以下
火砲逐漸自眉間刺穿　如同你昨晚吻別防空洞裡的情人
將愛凝結右手食指　由覘孔望進未來
等待著國家長大　格開暴烈而蠻橫無理的巨大手掌
而後河水可以清澈　沾濕的黑髮在晌午的朝拜何等清涼

當你滾下土丘　內臟同血液爆散在遠方鋪滿地毯的簡報室裡
步槍已經離開了手　瞬間的和平
也還來不及回頭　攻方的箭已經緩緩推進
孩子　我們怎能想像
鐘聲響起　群起振翅的鴿子飛越不過一張渺小的戰術地圖
而我走近門口　才發現世界如此狹窄

卻隔鄰著颱風另一端凝視　殺伐　飢餓　恐怖或者愛國主義
大地橫排的屍體是黑白相間的琴鍵
而練習曲緩緩飄蕩　琴聲如同你幼時玩樂的河流
祇是血色鮮紅

當我跌坐為再一天的端啟或落幕交叉指節　電視新聞並沒有
重頭細細播報你的生命歷程　而孩子　土地上整齊排列的高壓電塔和
濃煙翻騰的油田　都已無法為哀傷再
辯解些甚麼更有緣意的出兵緣由或者悲憫
而我才正看見你輕輕起身　拍拍身後的塵土
喚住我　指向回家的那一條
總是沒有軍隊的道路

收錄於《如果遠方有戰爭》詩合集，
小知堂文化出版，二〇〇三年六月

夜歸青帆

而雲層總是太厚
港口過了
才開始是淹及胸口的浪頭

遠遠就能看見
漂浮與心情的浮球
從此之後的水域劃歸為異鄉

月亮瞇著眼
瞌睡

半山腰上不清楚誰總正標定著我
船緩慢地把
不及說的
都遺向海洋

漂流木

我們始終無法分辨秘密與隱喻
的不同　當所有的羊群走向邊坡　在海岸
與記憶之間的狹長腹地　成為一座移動的山脈
我彷彿聽見童年的操場外　跑道如歌
在漂浮的夢境裡繞行一圈又一圈

雲層緩緩　潮汐緩緩　縱谷裡我們窩藏一種
關於回家的想像　在公路漫步　在鐵道喚醒
平交道前關於阻絕與夢想　寧靜的執拗
讓我們重新繫上鞋帶　同列車日漸稀疏的遠離奔跑
在市區內以匍伏前進的速度一路撿拾
昨夜的影子　前年的雕像　少時的成績單
用登陸的颱風將命運的鬼牌吹跑　是否就能換回一張
精準如誤點鐘響的　未作廢票根？

然後我們都誤認那些盛開如花的山峰
是傳說中無法企及的遠方
天色仍在賴床　陣雨依舊細細掃描
那些獨自下樓的河階地
我的瑣事化石　巨人般摸索著一整個漁港的胃口
在歸航的現實中為往事定期採收過期的焦距
遠一些　再遠一些
叢聚的部落慶典正在為我們蜿蜒的耳蝸合音
將月光一飲而盡　甜美並且燒灼

而你我終究只能安靜地傾聽
彷彿細小的清晨自海上碎步帶來
整套時光與日出　當失眠的河岸終於
蛻變成結束　而當防風林的冬季合唱仍然不失為一種
不得不然的開始　我們始終無法辨別關於那樣的預感
與典故波浪般的起伏　如何在

自以為是的遠方裡　持續成為一種
每日更新的濃郁鄉愁

月亮

摘不下的睡眠
夜裡遊戲總急著打鼾

誰的眼睛像把彎刀
有人說
恨一向追不上嘴

蟬叫　坐不定的課室
書包一向嗜睡

踢上天空的月亮
從來找不回的
童年的球

回家

於是我又繞了回去
像是還沒有熟悉迷路規則的學步車
忘記自己正在哪裡
身旁的父母還未走遠
原本想去的夏季也已起風
沒有夜雨仍讓入睡前的水坑持續變成深淵
好讓從未減速的夢境濺濕穿著黃色雨鞋
黑白的小孩

讓世界停頓的蟬聲還在忘情驅動
攪拌著埋怨與希望的洗衣機
母親依舊在餐後將他們準時取出　甩乾
讓長長的袖子攤平在
恰好放得進一張課桌的陽台上
在鐘聲響起時懶懶趴著　讀起窗外的風景

每天傍晚父親的摩托車則載滿成堆的黑框眼鏡回家
鏡框裡裝有不同地圖的眼睛　比例尺與等高線
有時辨別瑣事的方向與地形或許也並不那麼重要
而鏡片的無數反光是夜半電視的
沙沙聲　似乎海堤正在走下誰家的樓梯
讓漲潮的喧嘩淹滿客廳
以為我們即將錯過某一個暑假

而那樣足以寬恕童年正在點滴漏水的容忍
逐漸在日夜砌成的理智形成壁癌
我又繞了回去
尚未風乾的襯衫仍在雨季的陽台上跳舞
重新猜想這樣的圖案會否恰好等於
未來的空白

像是一個黑白的小孩
於是我又繞了回去
當黃色雨鞋靈巧踩著十字路口的琴鍵
哥哥的雨傘便再次撐開了進行曲的瞳孔
而在下一次蠢事與莫可奈何的笑話眨眼之前　親愛的
請努力記起：回家的路

輯四

雷雨躲藏密則

從一個年輕人即將死亡開始

從一個年輕人即將死亡開始
我站在離海邊不遠的崖上
眺望每一艘進港的船
有些時候　海流總是心不在焉
像是沒有解答的謎題
在午後時分潛入人們熟睡的聽覺
而後開始出現白色的浪花
如同家書總在隔著海峽的他方
聲聲慢慢

慢如螞蟻在不經意中
悄悄地搬走時光甜美的碎屑
而我總是偷偷地窺視著生命的食慾
看著他把整座世界暗暗吞噬
讓血液停止　凝固　鋪陳在記憶裡
逐漸成為一幅回不了家的地圖

而陽光總是炙在我們的頭疼裡　一分一寸
遠方的海浪安靜如一把
陳年雜貨店裡的雞毛撢子
趁著小學下課的鐘聲沾染上
久未運作視線的灰塵
於是沒有人記得洗滌從何而來
如同河水匯向海洋

於是從一個年輕人逐漸死去開始
我聽見他的鼻息緩慢且淺
而想像如同退潮
露出粗礪而腥滑的礁岩
只有一顆豐美的果樹虛立其上
靜待瘋狂的暴奪
而終年郵資不足的家書

總在外海曬著陽光
搖搖晃晃

沉沒

（兒子搗起了耳朵，搖著頭。「啊，打雷了。」
妻說。我抬頭望了望天色，告訴妻說：「嗯，
快下雨了。」）

宛若成年未被眷顧的溝河
　闇夜與腥臭正恣意流動
眼一睜全然是泛白的世故
　和著吹皺了的溫度與
　　生命永遠的夜宿

　　約莫是潮起的時分
風在所有佝僂的海岸上流洩
　並宣稱霸領堤防
陷落一排排的是足跡
　堤防以南已枯乾
　　以北同時必須

臆測有多深眼神的傳遞就有多深
漸漸發酵在變質的同情
缽在袈裟上鼓脹
鼓脹下青箭口香糖次之
那箭頭指向的殘缺又次之
塵垢中漱口杯裝滿了與空氣無言的寂落
斜臥的老癩子
是夜生命宿在蜷曲裡
吸吮著所有的濃度
雨落了
都一起沉沒

（妻抱起了孩子，發愁了。雨勢大了起來。）

台灣日報副刊，一九九七年七月八日

當鐘聲翻黃

出售啟事收割
無限豐盛的電桿
斑鳩爭相啄食
翩然高牆的淚痕
斑駁的日光
追逐明天

從黑暗奔跑出來的影子
有寬厚的背
背後是我牙結石般的面容和
電腦螢幕上　游標式自由漂浮
藍藍的歌聲

我們可以擁有全天下
全天下的謊言
櫥櫃中鮮艷群生的襪子

永遠無須出門
輝煌的足跡

歡迎光臨偉大的酒館
所有的右手都將失去書寫的能力
摸索著並同時
傾聽天空吞下口水的聲音
我們將張開黑色的雨傘
穿上自己的寺廟
向膝蓋舉杯
重覆醉人的吟誦和真理
百聽不厭

台灣日報副刊，一九九八年一月二日

就在那一個停頓

時間癱軟如一條死去的蛇
在明天即將挽著手步入死亡的禮堂
和某一個回頭的當下私奔　我的影子
默默躺在床上

看著我
走近床前　再走遠

遊戲的爭吵總在冰天雪地的遺忘中
試圖找回童年走失的零錢
我們來回對彼此叫囂　推擠　把所有的不安全感
狠狠地壓在地上　欺負他
直到哭聲開始引來一群銳利的烏鴉
把血跡叼走　而命運
翻開是一張紅色的機會

然後我開始說謊
或許也學習平交道般地對過往的火車誠實
那不是真的　當五顏六色的往事堆積在
通往未來的生鏽鐵道上
如同一個逃家的孩子
把影子鎖在家中　坐在沙發上
安靜地等待有著大手掌的再一個流浪漢父親回家

而學會魔術是困難的
學會回到零錢掉落　記憶口袋扯破
從影子走出小小院子的那一刻
整個季節像是一張曬透的白布
在全世界的葉子都落地之後
在我愛上一個裝上紅蘿蔔鼻子的雪人之前
當暴風開始吹襲再一次再一次

沒有甚麼更為令我感覺
比一則尋人啟事更為虛無而傷神

而當所有癱軟的蛇在時事成為明日的歷史後
繼續流著淚再一次扮演昨日的未來
我的影子依舊在背後凝視
那些永遠在白天沉默乖巧的枕頭
放牧在優雅而灰寂的
失語草原

療養院素描——編號

下雨的時候
蘑菇會張開得特別大
晴天它喜歡在筒子裡
像一把被棄置的劍

我不想伸出右手
左手可以嗎
被架著時　我怕癢

我的名字　我不曉得
我似乎只有號碼
或許我可能叫做紅茶
去便利商店你可以請店員刷一下
他會向你收錢
知道我的名字得付出一些代價
當時他總喜歡送我一大束花

外面有雷聲
好悶　要下雨了罷
今天也不是晴天
你的頭髮像窗外的山
夜裡我總看不見他們在哪裡

牽著我
我不在窗子裡

療養院素描——外宿

我相信　星期一是可以外宿的
親愛的哥哥
醫師說　星期一我可以外宿
我沒有說謊

你開車來了嗎
為什麼不相信我
用這樣的眼神
像下雨

我相信　醫師再過一會兒就要來了
他是可愛的幽靈
可惜眼睛不會發光哪
哥哥你不要怕
他不會飄到我們的車上
可是會說再見

我坐在這裡等
不然你問問他呀
是他告訴我的
我相信

你什麼時候要相信我

像全世界都相信他一樣

療養院素描——筆

姊姊　給我一枝筆
請給我一支筆
我現在跪著　求求妳
請不要害怕

沒有人喜歡暴力
對啊打老婆的男人最差勁
還好沒有人願意嫁給我
這種邏輯你們會不會覺得
比較正常

妳不借我我也不會打妳
妳給我最好了
我的字不好看
我也不用來寫

它的血是藍色的
它會不會跟我說話

妳是跟我們同一國的嗎
那妳很棒
妳有筆
我們卻沒有

妳也會跪著給我嗎　姊姊
一枝筆　請不要害怕

暴力有紅色的血管
我卻有藍色的舌頭
是天空

令世界肥胖

早起是世界肥胖的理由
陽光的胃壁還薄
誰卻要吞下結露的睡意　用首班公車的方向燈
擦拭整夜西半球股市積累的眼屎
在眼角　誰都無法斷定那是淚或是淚的屍體
那是體液　或更不精準地被稱做是水
那是默契　或更難堪地被定義為愛
在床邊　誰都無法否定那停頓的姿態如同死亡

世界穿不下過期的運動褲
激辯的鬆緊帶原來無限寬廣　悲情發酵再發酵
也能服貼在理想的腰間　成為一瓶過期的醋
這回再沒有人於夢醒前向我提問
關於公理與正義的問題
我們君父的城邦早已不在水草豐美
終年晴朗的上游

不必再問誰有沒有空
讓了馬的俥依然還在棋盤裡橫衝直撞
世界晨跑用謊言水腫的速度
邀請我鎖上家門共用早餐
我吃著去邊的新聞夾糖心蛋
一旁真相瘦了
世界卻合不攏嘴地胖了

於是我重新決定：明日晚起
眼角的淚想必會成為膏狀的收盤價
愛與和平或許已經躺在病床上
用低血壓的口吻叮嚀著世界
柔弱啊勝剛強
真理不瘦
只是逐漸癱軟

而當一個年輕人已經死去

而當一個年輕人已經死去
如同一盒浸泡在退潮海岸的泛黃貝殼
氣溫非常溫暖　曾經微笑
揮揮手
檸檬汽水般甜美

過度思念總像是一座平緩而泥濘的丘陵
在午後山坳豢養整群
健壯的烏雲　激烈而寧靜
海洋還在百里外安詳地睡著
總是沒有人明白
生命的果實會是甜美
還是以酸澀掉落於生活裡
漂放在意識的巨大洋流

而當一個年輕人已然死去
有人依舊輕描如蜜的情書　廣告文案
而不適應排列一張粉紅色的訃聞
或許撿拾一下午的瞌睡　並且
暗暗感覺日光如此美好
而遠方總是沒有船來
耳語的港口始終只有一個
自嘲連續多日都釣不上魚的
無聊釣客

倘若沒有一個適當的轉意詞
我們是否就無從繼續一場
深長的責怨
午後的氣味總是充滿
一張張病床的記憶

我們睜眼　像是
片片頹軟頑固的刺青
纏在手臂直達
每個人的心臟　跳舞
並且無時狂歡

並且我們總是不知道如何說得
較化學事典更為精準而貼切
風從真理帶走時間
遲到並不偶然

我們應否就此習慣陣陣
過早的雞鳴　傳進
消化中的午夜
沒有人絕對把握
手機的鈴聲將在下一刻響起

偷渡到另一個
我們樂於接受的早晨

而當一個年輕人死亡
如同走入一棟全然停電的摩天樓
生命這麼高
地基的黑闇亦等同深邃
僅有微風吹過
我聽不見任何歌聲

遠遠地　一波波無息的浪潮
將永恆的睡眠推向夢境
輕緩而充滿濕潤
此時我才聽見
未及清醒的呼吸聲

我什麼都不能作

我總以為可以坐在飛機上
數落著關於積非成是或雞飛城市或激飛程式的奇異例句
能否終究成為一種千年不變的典故
我的飛機積了許多非
飛上天去就要失速墜毀
所以墜毀便成為唯一的是
我們都為這樣的真理在各自的城市服膺到死
但我的城市其實專為隱藏無數的雞而存在
那些雞在上班時間騎著人到處吵架放火
在深夜與凌晨相互指責彼此的說書講古全然錯誤
而當所有的雞都被激飛
我的城市僅僅剩下滿地的羽毛
在程式裡組合成一隻隻木馬
偷竊我的非　換取你的是
不然就為了你的非而典當我的是
那想當然我們將都會有整座流當的城市

雞能飛但過胖早已成為歷史與預言
程式跑到腿都斷了卻怎樣也無法飛起
至於偵錯永遠只能在程式而不曾在城市
但木馬在城市偶而也會跳進程式
程式由二位元數成為木馬再成為城市
城市在一百萬次的偵錯之外積了非而終於成是
你永遠不會知道關於自己的是原來全都是他人的非
屠了別人的城市無非也就救贖了自己的程式
最後即是墜毀之後　事蹟或許也能成為是雞
雞無從積　但不能謂非無激
是即為嗜　可亦能稱其圍事
而那些經典當然也要在你的非裡
非禮你的是與嗜
與我的飛
與非

於是滿地的我都在譏笑著這樣的績效
像是不安分的詩題爭食著唯一的屍體　血流如注
重新分辨著吾能為例與毋能唯利與無能為力的
盛大區別

——詩致「三隻小豬」

輯五

水聲自壁中歸我安眠

睜

終於有一天你將頭露出水面，世紀末的洪水漸漸散盡，沒有趕搭不上的碼頭，以及向前急行的方舟。

日間，月亮在水底，完整的輪廓像是睡著，極其溫柔。一個星期不是七天，或許更長。

是眉接著眼，星球開始出現，不帶傘，你感覺山脊沿著你的食道下樓，胃裡有一些關於季節的殘骸，很久很久以前躲進毛衣的一雙手，發燙的生殖器，沾上落葉的影子，那時日晷在下方。

沒有雨，雲親吻天空和你的腳。
在地面上，乾燥的零點。

睜開眼。於是你看見。

鍵盤電腦草稿桌燈礦泉水電話書包磁片光碟健保卡印表機西裝垃圾袋零錢機車鑰匙手提音響掃描機未洗衣物漫畫識別證，以及自己。

擱淺

漫長的午睡如同洗完澡的雙腳
踩著踏墊　厚實且深沉
越過窗簾我們似乎聽見時間
隨著公車的停靠警示聲　輕輕
碰撞一杯失眠的隔夜茶
彷彿有個孩子開始學步
在清醒的地毯上留下幼小的足跡
緩慢蒸發

而我擁著棉被翻身　提前讓黑夜來臨
像是每一張彎曲或張成華麗扇形的閒適
雲層有時太厚有時安靜輕薄
末班捷運般帶走所有零散的陽光
而有些謎題如跌倒的學童令我們不忍或者發噱
過了馬路細長而堅韌的哨聲
沉默的顏色是綠色

在意識的站牌那裡總有人
正等待些甚麼　背包裡滲透發酵的體育服和繃帶
並不比錯過的未接告白更日常而偶然
當空調走向最後一分鐘便要停機
整個前夜的飢餓僅僅闔上眼睛持續清醒
像熟睡時的存在一樣空虛

而我依舊不明白所有的證明和公式
如何套用於夢遺的午後時光
過飽的思慮與安寧
如同引擎空轉的逾齡公車
獨自停放在深夜無人的聯結橋樑

妥貼

我們不免漏失
某些足以令人滑跤的沮喪
例如黑暗中
倒數黎明即將到來
而身旁是枕頭
從未保留清楚且響亮的鼾聲

如同擠出一顆青春痘
範圍一經選定則須舉證
我們遊行　呼號　為違反常態的夢境
修正生活　縱使
時間仍遵照一切公式　或者
父親們剛為兒子取好名字

像是開始一向
同結束比較　上年度現金流量適當率

與今年併列甚而預測明年
未知數總在遠方等待
世界是無數組曾經、正在、尚未
運算的模型
即使所有的門都離開它們的出口
消失在盡頭

食用與穿戴依舊
持續存在與定義及其衍伸
最後我們不免想像並且推算
人生與KTV的差異分析
當坐定而螢幕亮起
我們才開始思考
關於歌本內容與一首詩
妥貼的問題

勁報副刊，二〇〇〇年一月六日

落雨・預言

街頭驚恐的人群。櫥窗中紛亂的足跡，渙了的眼神。神的語言將至。

我跨過橫屍在半融柏油上的斑馬，怔怔地朝向真理走去。耳旁風的耳語飛快，不斷複誦大樓扇窗們如鏡的冷感。太多時間我們游移在自我輕易催眠的憂鬱中，燃起一根菸仍偶而想起殺聲隱隱的核爆來。

世界是指針。我用雲的飄泊作為逝去分秒的註腳。宿命在翻滾，陽光則在海外根據著島的經緯度持續沉默。

緊掩裙腳的女子。

慾光四射的男子。小人們追逐於它們的膝下。悚然的溫度在雙方的基因中醞釀沸騰。

若說天空是沸騰中不安的歸宿，那末，請允許我抬頭仰望，以先知的姿態，揮動手杖呶呶不休地預言：

天空也有它不可聚合的天性，渾然天成畢竟只是過時的表象。第一杖，我指向大屯山的上空，雪不發一言地紛紛逃到了人間；第二杖我指在淡水河的北端，奔騰的喘息一下都沉默了下來。於是我為自我的狂大驕傲著，忘卻守候日光，入眠。

黑暗中，殘象中的世界出現了很多很多自己。我數著或坐或站，或交談或寂寞的他們，佇立良久。終於，其中之一朝著我走來，輕輕地跪下，膜拜。我訝異於他的突兀，趨身想扶起他。可是卻穿越了跪著的他，交談的他，站著的他坐著的他……最後，我睜眼醒來，見到的卻是蜷縮的自己。

中時晚報副刊，一九九五年十月十七日

旁觀者

沒有可供觀察的　我們的世界
便倒立了
我們多想堂堂正正為他畫一幅肖像
可惜他並不英挺　也不拔尖
只能用圈選數字來安撫他
乾涸的不安

人間如頹垣　我們如何才能有效
填補一些縫隙？　誰記得
信心除了穩固　也用來麻痺
那些安穩的道路曲曲折折　讓人頭昏
當然或許也有歡娛
像一些生鏽掉落的
小學畢業旅行

但後來
我們不免全面潰敗
生活被睡眠徵收　求愛時
寬恕與包容永遠不舉
禱告是全自動多功能洗衣機　在假日
我們總不能免除清洗罪惡
高昂斷裂的嗶嗶短聲
簡明、心急地催促反省的必要
才願意歸還
一具乾淨芬芳的全新軀體

所以我們趴在餐桌上
吞吐這些沒能成詩的失敗標本
並且坐上馬桶
用發酸的喉嚨喝它倒采　接著沖掉它
不如便利商店無味如紙的昂貴宵夜

稍加微波　便能填飽
貧乏的飢餓　自悲的寂寞
但我實在厭煩
跪求此般的自慰　依然不得不
可使用被使用可觀賞被觀賞

目光用射精取代遙遠的空虛　用呻吟舔舐
乾燥斷句的嘴唇
於是終於有人告訴我：
早就無人能夠預言
關於一首詩的誕生
是看與被愛
還是愛與被看

向廢墟中的溫馴夢想致敬

我們都還來不及成為一個詩人　愛情
就死了　然則
不是那種安於現狀的昏厥　甚或不是
寂絕空靈　時間絕對的靜止
如果井裡一滴水都沒有了　那麼請告訴我
向上仰望的目光是不是終將停留在
千劫之後一朵　偶然飄至的
烏雲之上？

忘記從來不是確切的存在
甚而在鹽柱頹圮之後　那些毀滅與終止
都在石像的瞳孔裡靜默發光
一點點腐蝕與青苔　就足以映照
喚醒鮮活血液流動的曾經　在輪迴
在身世　在億萬沙數的竄動之中

那些奔騰而無暇喘息的回憶的積累啊
圖文般條列在眼前：摘下眼鏡後
模糊的彩色呼地一巴掌
搧醒安息的哭喊與叫囂　在夜間
我們以為黎明永遠止步的夜間　密語晦澀
我們同情彼此但未出聲
只打著無以名狀的旗語　語氣颯颯堅決
誰能清楚得知那樣的真理？　聽聲辨位原是
盲者的救贖哪　但誰能提醒我
關於忘卻與無法重閱
誰又不盲呢

時間如蚊　在不經意的瞬間
輕輕伸入意識的皮下　吸飽　吸飽
直到飽嗝
我們又再次聽見耳邊嗡嗡的侵襲

這難免不能不解釋成預兆　那些先知
起身舞動枯槁的手掌　啪
爆散的赤紅能否令眼瞼垂下
拜伏於從血中新生
全面蠕動如潮的孑孓？

一具躺在那裡的空白　一扇彷若
被鑰匙插入心臟的
沉默的大門　我們在追思彌撒時
苦苦思索一年中第十三個月的荒謬與真實
糖造就甜　鹽導引鹹　妒忌發酵似的酸
生命是烤秋刀魚　如果夢在晚餐落筷
如果夢真能安詳如乾涸的假寐的
那眼深井

但我們都已全程目睹
記憶發芽的過程　在自家頂樓
叢生的塔尖向天索求千萬分之一的落雷
驚蟄生機勃勃　我們卻依然在市場裡
叫賣那些喪失顏色與溫度的
字詞的前世　或許添加一點
迴繞的執悔與解構
借貸一些形而上的胃口
餵養被詩槍擊後
失血而盡的斑駁彈孔

我們甚至都還來不及成為巨擘
見證更偉大的愛情與苦樂
但或許脫殼的蟬可以　飄落的秋葉也行
讓生之荒涼盡情被反芻
濁流之末是片龜裂的溼地

任彈塗魚般脫力躍起的生活繼續這樣的軌跡
停格在哲思的高度之上
於是我們終能放心肯認
向廢墟致敬　我們一現即逝的閃爍
都能在這樣的投降裡為成為一道
輕微細小的刮痕
供彼此確認不知名的
誰
與誰

詩致洛夫長詩〈漂木〉第四章《向廢墟致敬》

我不治的狙擊手

「希望你能愛上自己做的每一個決定，並在你所選擇的路上感覺到快樂與滿足。」

當扣下板機
我並不知道那顆子彈即將穿越
穿越到一個沒有譬喻與暗示的世界
指節如冰
我甚而遺忘如何瞄準
如何面對你像一整個黑夜的寧靜呼吸
如何緊握一把鏽蝕的槍管　讓準星昂立
以為明天如同碎玻璃般
明亮並且耀眼

過了這一刻再過了下一刻
我的遺言無非拋棄
一枚置放在旅客遺失物中心的驚慌眼神

我們朝頭頂擲去　落下看見彼此
繁複而沉重的賭注環島一圈再一圈
時間的調車場　我們童年始終安靜蹲下
按時刻表乖巧翻找寶藏
秘密與火擁吻　陌生日益抽高
我們拾起　再丟開

再丟開　然而我們總是拾起
一瓶嗆人的命運藥水　然後捏起鼻子
喝下去　彷彿強力殺菌
我們的回憶紛紛逃亡
如同感染不知名的絕症
抽搐　繼續痛苦呻吟：
「我們選擇在活著時快樂，只因為
死亡的黑夜是如此冗長。」

請與我再跳一支舞　再一支接著
請拒絕我　縱然我們無恃一場
和平美麗的溫和槍決
而死亡之前
我的狙擊手是如此精冷卓絕
曾經為所有時光的目擊者獻上一束
永不凋零的鮮花

崩壞

妳不能不說出與我無關的界線
究竟是從妳的腳跟　還是我的指尖
哪一種稱謂是割傷淚腺的封鎖
人中劃開我們　我們從未習慣讓話語翻越
那樣安靜死寂的終昏

如何由一頂帽子裡抓住
一只兔子　斂翅的鴿子與一群傻子
他們瘋狂大笑而我無法聽見
杯子掉落在地　仍是杯子
而我掉落在地　聽不見聽不見

然後我們總是用然後當作新關係的開頭
用開頭繼續辯解深淵的深與膚淺的淺
字義或許恣意而生　或許自縊而亡
我們都在那樣的生死間提起耳朵

以為想像能夠就此飛翔
望遠方逃跑

換步再換步
併肩前行在病間
患不在患部

而在我們瘸了的搖擺
搖擺的病床以留置針將我羈留
羈留在暗沉無明　時間的靜脈
注射我　如同注射一瓶光
誰用一瓶光讓夢沉睡　讓驚醒復活
讓凹陷的鋁製愛情一把飛入資源回收桶
用復原的速度發臭
用死去的方式生活
用妳覆寫我

你不能不說出無關於我的喧鬧與嘈雜
其實都只是虛假的街影與人聲
如何從一條手帕中釋放鴿子　釋放那群傻子
他們哄堂大笑　他們嚎啕大哭　他們
都在我的口袋裡　鼓譟著像是喝醉的心臟
扯破最後一件乾淨的追想

而妳終究不能不說出我不能說出的不能
杯子終於掉落在
地　幸好仍是
杯子　而我掉落在地
便成一地刺眼的日光
溫潤妳光滑如踝　與永不消解的
沉默與沉沒

水聲自壁中歸我安眠

水聲自壁中歸我安眠。當今天攻陷明日的城牆　窗口
焚燒如眼，抄襲每一座亮起的路燈
我提著影子回家　滿手烏黑如同開採即將枯竭
時間與愛的巨大煤礦
親愛的　請為我開啟破敗的大門　在我結束了一天的時光蠶食之後
襯衫紛紛掉落　氣味滿室喧嘩
踏進溫暖異常的浴室　沒有任何一個必須出現的水龍頭
需要為遺忘激切　為哀傷清醒
為一條發黃的毛巾親吻另一個換洗的臉龐

水聲自壁中歸我安眠。今夜出土的日間注目　那些純粹
而不再混血的沿途背影　在我的面前牽著手　節慶般舞蹈
漫遊　潺潺流過我的頭頂　腳底　像是重複一場敗部復活的
懷舊傳說或者童話　在放學時大聲召喚去年首播的末季遊戲
在故事結局　拿走一個鈕扣　縫在悔恨的罅隙　更親密　更令人在
起風的睡前時光　感覺懸弔　感覺高音　感覺

逆流的呼吸　無所不在　無所不能　無所不於我們
四處漫溢的長長假期　漂浮　耳語　持續下一則秘密的送葬行列

水聲自壁中歸我安眠。而夜間彷若太濃的咖啡杯漬
在木桌附著　在聲音的隧道沉澱　在入眠的
堤岸緩緩長出思緒的青苔
我提著變淡的影子夢遊　繼續含著一隻過甜的黑色冰棒　等待溶化
等待滴落的糖水繼續漫過整條熄燈的大街　沒有人在彼端看著錶
等著我回家　上一個昨天或者前天　下一個明天或下下一個後天
撕下的日曆開始成為夢話的翅膀　承諾的發票
沒有人在我喝下一杯咖啡之前　將杯沿的唇印複印至
每夜從頭我完好如新　嘻鬧無理的繕校習癖

水聲自壁中歸我安眠。每個早晨
我們再度翻開字典　穿上辭彙　讓曙光
在額上落下當選的印記　向影子宣誓效忠

影子很輕　影子充滿朝氣　影子總在車窗凝視自己　大量拷貝
往事的傳單　怨懟的衛生棉條　腰圍的紀錄片　或者
再一份翻覆在柏油路上的愛情甜筒　繼續進行一場
無限連任的愚民政治　在就職以前　在卸任以後
日光從來不曾在腳底下三讀通過更與眾不同的
不信任提案　在身體的傀儡內閣　在精神的專制且高壓的獨裁
讓我們得以遂行一場更為灰暗的流血革命　為充滿情感的饑餓　救亡
圖存的欲望倫理　繼續悠游　行走　午餐　排泄
當從未預知的雨勢重回竟夜緘默流淚的蓮蓬頭　當空氣索求
浴巾濕潤的靈魂　當影子虛弱如擦亮的夜　晌午的燈　夕落的階梯
我們依然完好如一把繡紅的開罐器　齒般翹開我們
保存逾期的罐裝甜蜜

而水聲自壁中歸我安眠。而水聲自地下歸我安眠。
而水聲自乾燥而枯涸的感官歸我安眠。當明日
提取今日的祈禱　當時間割除過長的小腸　我今天抱著

還未滿月的幼小影子慢慢回家
親愛的　請為我關上睡意的後門　夢境的窗口　在還未成形的
黝黑木几放上一杯冷卻的想像　一份曝曬脫皮的政治頭版
水聲依舊群起奔跑在如壁四起的高聳海洋
在我踏進邊境無限延伸的戒嚴城市
在我今日棄守昨日營養不良的瘦弱城牆

而當然還有這樣的時間

而當然還有這樣的時間
能夠撥號
與香甜的疲憊連線
安靜聆聽夜燈的酣聲
睡眠如杯　杯緣上仍有誰的話語
在鬧鐘的倒數中竟夜蒸發
而溼度在枕上累積落髮
朝起的行事曆是散亂的鳥巢
總是未接來電
輕輕開啟沉睡中的家門

而當然還有這樣的時間
堪可速辦
在消失中的午休前細數
清洗過的公事　總有數枚缺角
而油膩

辦公室已經熄燈
盡頭紗門因風而伸展向雨
雨中有光　雨中有夢境滑疊的喘息
還有飽含鹽分的眼睛
習慣著黑暗　即使
只用抽取一張面紙的速度

而當然還有這樣的時間
簽證許可
無數次鬆軟如綿的居留權
也順便填縫僵硬被單因興奮過度而
失足的沙啞
但我們遺失一枚黝黑的硬幣　孩子們蹲著看它
幣值早追不上歡聲的冰棒
探險逐漸發胖　感動也已結石

鏈條生鏽的自行車卻仍安靜如昔
滑入懷舊的死巷

而當然還有這樣的時間
無須爭辯
電量耗盡的手機與心事
都在異鄉緩緩沉入每日行程
成為臉盆裡週末清洗的髒衣服
理想與志氣
則在我們的領帶上交換不同的花色
供彼此閱覽評論
偶而有人驚訝　驚訝於
出油的皮膚為何還能出現在
孩子們抱怨連連的古典歌劇
繁複花俏的高音如城市中的空氣

披覆在我們的臉龐
無風無沙

而當然還有這樣的時間
討取無償的慰藉
與旅程　與成人光碟　與尚未彈熄的菸頭
相片與立志一樣清新可貴
腳跟的細砂在身後遺下長長的尾巴
像賭氣的影子原地牽扯　不肯離開
獨立紀念日早被拖吊無蹤
啤酒罐反覆退隱　白開水重掌政權
誰的電腦硬碟仍然日夜運轉
尋找連結青春遺失的路徑

而當然還有這樣的時間
適合熬夜

適合在現實劇痛的凌晨裡坐起
吞下止痛的處方藥劑
將苦楚停頓　將抱怨安置
將不存在的車次展延成未來的世事
在時間的稅捐申報前一併納計
夢想就醫的價值
當然還有這樣的時間
在轉身之前　交會之後
在意志破片添附的清醒國境之中
期待手機滿格　坐看日出重新爆炸
而當然
還有
這樣的時間

讀詩人02　PG0555

廢墟漫步指南

作　　者　洪書勤
責任編輯　黃姣潔
圖文排版　蔡瑋中
封面設計　劉佩姍

出版策劃　釀出版
製作發行　秀威資訊科技股份有限公司
114 台北市內湖區瑞光路76巷65號1樓
電話：+886-2-2796-3638　傳真：+886-2-2796-1377
服務信箱：service@showwe.com.tw
http://www.showwe.com.tw
郵政劃撥　19563868　戶名：秀威資訊科技股份有限公司
展售門市　國家書店【松江門市】
104 台北市中山區松江路209號1樓
電話：+886-2-2518-0207　傳真：+886-2-2518-0778
網路訂購　秀威網路書店：http://www.bodbooks.com.tw
國家網路書店：http://www.govbooks.com.tw
法律顧問　毛國樑　律師
總 經 銷　聯合發行股份有限公司
231新北市新店區寶橋路235巷6弄6號4F
電話：+886-2-2917-8022　傳真：+886-2-2915-6275

出版日期　2011年5月　BOD一版
定　　價　260元

Printed in Taiwan

國家圖書館出版品預行編目

廢墟漫步指南 / 洪書勤作. -- 一版. -- 臺北市：釀出版,
2011.05
面； 公分. --（語言文學類；PG0555）
BOD版
ISBN 978-986-6095-14-6（平裝）

851.486 100006267

讀者回函卡

感謝您購買本書，為提升服務品質，請填妥以下資料，將讀者回函卡直接寄回或傳真本公司，收到您的寶貴意見後，我們會收藏記錄及檢討，謝謝！

如您需要了解本公司最新出版書目、購書優惠或企劃活動，歡迎您上網查詢或下載相關資料：http:// www.showwe.com.tw

您購買的書名：________________________________

出生日期：________年________月________日

學歷：□高中（含）以下　□大專　□研究所（含）以上

職業：□製造業　□金融業　□資訊業　□軍警　□傳播業　□自由業

　　　□服務業　□公務員　□教職　□學生　□家管　□其它____

購書地點：□網路書店　□實體書店　□書展　□郵購　□贈閱　□其他

您從何得知本書的消息？

□網路書店　□實體書店　□網路搜尋　□電子報　□書訊　□雜誌

□傳播媒體　□親友推薦　□網站推薦　□部落格　□其他________

您對本書的評價：（請填代號　1.非常滿意　2.滿意　3.尚可　4.再改進）

封面設計____　版面編排____　內容____　文／譯筆____　價格____

讀完書後您覺得：

□很有收穫　□有收穫　□收穫不多　□沒收穫

對我們的建議：________________________________

____

____

____

請貼
郵票

11466
台北市內湖區瑞光路 76 巷 65 號 1 樓
秀威資訊科技股份有限公司 收
BOD 數位出版事業部

(請沿線對折寄回，謝謝！)

姓　　名：________________　年齡：________　性別：□女　□男

郵遞區號：□□□□□

地　　址：________________________________

聯絡電話：(日)________________　(夜)________________

E-mail：________________________________